AF474942

8° Yth
10598

LE MAGASIN PITTORESQUE,

REVUE EN QUINZE LIVRAISONS;

PAR

MM. Dupeuty, F. de Courcy et Maurice Alhoy.

Représenté, pour la première fois, à Paris, sur le Théâtre des Variétés, le 31 décembre 1833.

PRIX : 1 FR. 50.

PARIS,
AU MAGASIN THÉATRAL,
MARCHANT ÉDITEUR, BOULEVART SAINT-MARTIN, 12.

1834.

PERSONNAGES.	ACTEURS.
BASANE, vieux libraire.	M. PROSPER.
JOUFFLU, son garçon de boutique.	M. HYACINTHE.
LE GRATIS, journal.	M. LHÉRIE.
PERLIMPINPIN, perruquier dramatique.	
LA MÈRE GIGOGNE.	
LE MARIN DE LA GARDE.	
ROUKOULINOFF.	M. ODRY.
PICPUS.	
BARAGOUINO.	M. DUBOURJAL.
LA CONCURRENCE.	Mlle JENNY-COLON
CLÉOPATRE couturière.	
PHRASIE, modiste.	
PAMÉLA, fleuriste.	
UN COLEUR.	M. VÉSIAN.
THÉATRES.	
ROMANS.	
PERSONNAGES ACCESSOIRES.	

La scène est à Paris.

Imprimerie de CHASSAIGNON,
rue Gît-le-Cœur, 7.

LE MAGASIN PITTORESQUE.

Le Théâtre représente une boutique de vieille librairie ; sur les rayons sont plusieurs collections d'in-quartos et d'in-folios.

SCÈNE PREMIÈRE.

BASANE, JOUFFLU.

Au lever du rideau, Joufflu entre par le fond, portant une pile de livres grands et petits ; Basane assis devant une table, feuillète un registre couvert en parchemin. Il a des lunettes vertes.

BASANE.

Eh bien ! Joufflu, tu rentres déjà les livres de l'étalage, mon garçon ?

JOUFFLU.

Dam ! v'la bentôt l'heure de les coucher ces pauvr's livres.

Il les range.

BASANE, *la plume à la main.*

Voyons, qu'est-ce qu'il faut que je porte à la vente ?

JOUFFLU.

Rien du tout, comme à l'ordinaire...

BASANE.

C'est extraordinaire... Comment, tu n'as pas même vendu un petit *Dictionnaire de Moréri*, une *Maison rustique*, un *digeste*, un *Parfait notaire*.

JOUFFLU, *laissant tomber des livres.*

Ah !.. si !.. si !..

BASANE.

Si quoi ?..

JOUFFLU.

J'ai vendu mon petit couteau pour déjeûner.

BASANE.

Ça n'est pas de mon fonds... mais aussi, tu ne sais pas t'y prendre... tu vends mal...

JOUFFLU.

Je ne vends pas mal, puisque je ne vends pas du tout... Ils n'en veulent pas de vos livres, ils disent que c'est des bouquins...

BASANE.

Des bouquins !..

JOUFFLU.

Ils lisent pendant une heure... tant qu'ça les amuse... et puis après, ils disent. Tiens, n'y a pas d'images...

BASANE.

Ne faut-il pas leur mettre des vignettes dans la *Grammaire de Lhomond* et des culs de lampe dans *les Racines grecques*... les ânes!..

JOUFFLU, *montrant un livre.*

Il n'y a que c't'iu-douze-là, qui aille un peu, tout broché qu'il est.

BASANE.

Le Cordon bleu... Fi, Jouflu... fi... je rougis de l'avoir dans mes cases... C'est un mauvais livre...

Air : *Vaudeville de Gusman.*

Mes vieux auteurs, voilà ce qui m'enflamme,
Tous ces trésors, maintenant sans débit
C'est la nourriture de l'âme,
La nourriture de l'esprit!

JOUFFLU.

Je n' prétends pas ici vous chercher noise,
Mais y n' faut pas vous y tromper,
Sans la *Cuisinière bourgeoise*
Hier encore on s' couchait sans souper.

BASANE.

C'est égal... je ne renoncerai pas à mes principes... J'y mangerai plutôt mon fonds...

JOUFFLU.

Si les rats vous laissent quelque chose...

BASANE.

La pauvre vieille librairie est morte... Les mauvais auteurs l'ont tuée.

JOUFFLU.

Avec ça, il y a tant de concurrence, aujourd'hui...

BASANE.

Tu as raison, Joufflu, c'est la concurrence qui me perd.

SCENE II.

LES MÊMES, LA CONCURRENCE... *Elle est vêtue d'un costume moitié or, moitié argent... Elle porte les attributs de Mercure.*

LA CONCURRENCE.

Au contraire, je viens te sauver...

BASANE.

Comment, ma jolie dame, c'est vous qui êtes la concurrence...

LA CONCURRENCE.

En personne.

Air de Caroline.

C'est la concurrence
Qui stimule en France
Le progrès.
La concurrence
Double les succès.

Oui, tout, grâce à moi,
Est en émoi,
A bon marché
Tout a marché;
On faisait bien
Ce n'était rien
On veut mieux faire,
Partout le talent
Dit: en avant
Français, à toi le premier rang.
Déjà de nous
On est jaloux
En Angleterre.

C'est la concurrence, etc.

C'est par son secours
Que tous les jours
Nous admirons
Et nous lisons
Nouveaux tableaux,
Nouveaux journaux
Et nouveaux drames!
Qui fait à Paris
Que les maris
De temps en temps
Sont moins méchans
Et même sont de vrais amans
Avec leurs femmes...

C'est la concurrence
Qui stimule en France
Le progrès,
La concurrence
Double les succès.

BASANE.

Charlatanisme que tout cela... je ne donne pas là-dedans... retournez rue Vivienne, place de la Bourse, et ne profanez pas le quai de la Volaille et des gens de plume.

LA CONCURRENCE.

Tu es un entêté; mais je veux te servir malgré toi.

JOUFFLU, *à part.*

Vieille tortue, va!..

BASANE.

Mais qu'est-ce que vous voulez que je fasse?..

LA CONCURRENCE.

Du nouveau...

BASANE.

Avec quoi?

LA CONCURRENCE.

Avec du vieux... est-ce que tu t'imagines qu'on invente quelque chose aujourd'hui..on compose, on écrit, on imprime, on dessine, on burrine... tout ce qui a été composé, écrit, imprimé, dessiné, burriné... seulement pour changer... on fait un peu plus mal, et ça fait très-bien... c'est moderne, c'est piquant... c'est à la mode, et surtout, c'est pittoresque...

BASANE.

Qu'est-ce que c'est que ça... le pittoresque.

LA CONCURRENCE.

C'est une société en commandite, entre le classique, le romantique, le fantastique et le drolatique... par exemple l'architecture, où tous les styles sont mêlés, tous les âges confondus... pittoresque... les feuilletons des théâtres, où l'on parle de tout excepté de la pièce et des acteurs... pittoresques; ces tableaux dans lesquels les rivières sont indigo, les nuages olive, et les femmes pistache... pittoresques... archi-pittoresques...

BASANE.

Je comprends... c'est un mot élastique.

LA CONCURRENCE.

Comme les nouveaux corsets en caoutchou qui vont à toutes les tailles.

BASANE.

Mais je n'en ai pas, moi... de pittoresque... je ne vois guère ici que la tête de Joufflu...

JOUFFLU.

Et votre nez donc?..

LA CONCURRENCE.

Ne vois-je pas là vingt exemplaires de l'Encyclopédie... c'est la mine qu'il faut exploiter... c'est la source qu'il faut tarir... prends des ciseaux... coupe, taille, rogne... tout cela, remis à neuf et accompagné de portraits de grands hommes et de grosses bêtes, de beautés contemporaines et de monumens gothiques, formera le recueil le plus bizarre, le plus varié de notre époque à deux sous... enfin, le véritable *Magasin pittoresque!..*

Air : *J'en ouvrais, j'en ouvrais.*

A deux sous!.. *bis.*
Jamais on n' pourra vendre au-dessous!
A deux sous! *bis.*
Venez, nous en avons pour tous.

O Paris! ville unique
Où l'on offre aux passans
Le papier mécanique
Et même le *Bon Sens!*

A deux sous! *bis.*

Jamais, etc.

Grâce à cette débacle,
Bientôt nous verrons tous,
Pour aller au spectacle,
Les billets de vingt sous,

A deux sous! *bis.*

Jamais, etc.

Le rabais va s'étendre
Et certains députés
Finiront par se vendre
Comm' les petits pâtés!

A deux sous! *bis.*
Jamais on n' pourra vendre au-dessous!
A deux sous! *bis.*
Venez, nous en avons pour tous.

BASANE.

Mamzelle la concurrence, vous me montez décidément la tête...

JOUFFLU.

Elle est bien faite pour cela.

BASANE.

Vous changez le cours de mes idées...

LA CONCURRENCE.

Je vais changer bien autre chose...

Elle agite en l'air son caducée : le théâtre change, et représente un magasin ouvert sur le fond. Les murs sont placardés d'images grotesques, dans le genre de celles que contiennent les publications à deux sous... la houpelande de Basane est tombée, et il se trouve vêtu d'un costume couvert du haut en bas des dessins du *Magasin pittoresque*. Musique à l'orchestre.

JOUFFLU.

Dieu, comme vous êtes bien mis...

BASANE.

Concurrence, vous êtes pour moi la fontaine de Jouvence.

LA CONCURRENCE.

J'étais bien aise de faire cela pour toi...

BASANE.

Que de remercîmens.

LA CONCURRENCE.

Et je vais en faire autant pour une trentaine de tes confrères... Adieu!.. je cours leur donner l'idée de la *Lanterne ma-*

gique, de la *Mosaïque*, du *Musée des Familles*, du *Magasin universel*, du *Magasin théâtral*, de la *France pittoresque*, du *Voyage pittoresque* de l'*Histoire naturelle pittoresque*, et de l'*Encyclopédie pittoresque*, sans préjudice des autres pittoresques qui pourront venir.

JOUFFLU.

Dites donc : et moi qui ne suis pas changé ?

LA CONCURRENCE.

Au revoir... te voilà relevé... tu n'as plus qu'à marcher... Je reprends mon vol, et je vais t'envoyer tous les originaux modernes qui peuvent figurer dans ta collection.

ENSEMBLE.

A deux sous ; *bis.*
Jamais on n' pourra vendre au-dessous.
A deux sous ; *bis.*
Venez, nous en avons pour tous.

Elle sort.

SCENE III.

BASANE, JOUFFLU, *puis* LE GRATIS.

JOUFFLU, *regardant de tous côtés.*

Regardez donc les belles images... des palais, des arcades... des colonnades... des cascades !

BASANE, *de même.*

C'est presque d'aussi bon goût que les embellissemens qu'on a fait subir au château des Tuileries.

GRATIS, *entrant ; il est habillé en conducteur d'omnibus, et sur son chapeau ciré on lit : Gratis, en grosses lettres.*

Je suis encore meilleur marché...!

Air : *J'observe.*

J'annonce, *ter.*
J'admets la d'mande et la réponse :
J'annonce, *ter.*
En tout pays,
Comme à Paris,

On reçoit mon journal gratis.
Bien différent de mes confrères,
Au public je me suis donné :
Et j' tire à trent' mille exemplaires
Sans avoir un seul abonné.

J'annonce, etc.

BASANE.

Le journal gratis... qu'est-ce que c'est que ça ?..

GRATIS.

La trompette du commerce, l'ordre du jour de l'industrie,

la renommée à quatre roues!.. Il ne connaît pas le journal gratis! mais tu n'as donc, malheureux, jamais été en omnibus, ni en dames-blanches, ni en tryciclcs, ni en écossaises, ni en obligeantes, ni en orléanaises, ni en batignolaises, ni en versaillaises?.. Tu n'as donc jamais été ni à Passy, ni à Issy, ni à Neuilly, ni à Jouy, ni à Bondy, ni à Lagny, ni à Saint-Denis, ni à Montmorency?

JOUFFLU.

Avez-vous fini?

GRATIS.

Chaque voiture publique est un cabinet de lecture où le conducteur distribue notre feuille à tous les voyageurs sans aucune rétribution.

BASANE.

Ça doit trouver des partisans parmi les personnages économes; mais je ne vois pas trop où sont vos bénéfices...

GRATIS.

Tous ceux qui font des annonces se trouvent naturellement les actionnaires de l'entreprise.

BASANE.

Ah! farceur de Gratis... vous faites payer aussi les annonces.

GRATIS.

Tout comme les grands journaux qui donnent l'immortalité à tant la ligne.

BASANE.

Et les *Petites-Affiches?*

GRATIS.

Enterrées... enfoncées pas le journal *gratis!* Voyez plutôt mon dernier numéro.

Il en offre un exemplaire à Basane et à Joufflu.

BASANE, *lisant.*

« Chantier couvert... bois au poids, tout scié, tout fendu, » tout rendu... »

JOUFFLU.

On finira par le vendre tout brûlé...

BASANE, *lisant.*

« Champs-Elysées d'hiver, rue St-Honoré, n° 359, au se- » cond, au-dessus de l'entresol, la porte au fond du corri- » dor... »

JOUFFLU.

Comment! les Champs-Elysées dans une maison?

GRATIS.

On les rentre pour l'hiver, comme les orangers.

BASANE, *lisant.*

« Sylvestrines... autrement dit chapeaux de bois... »

GRATIS.

On les repasse avec un rabot.

BASANE.

« Croûtes de Marseille, pâtisserie provençale. »

JOUFFLU.

C'est ça qui doit être du nanan !..

GRATIS.

Air : *Je loge au quatrième étage.*

A Paris, des Bouches-du-Rhône
Nous tombe un pâtissier phénix;
Et déjà Marseille détrône
Les petits pâtés de Félix.
Les croût's mérit'nt la préférence,
Pas un gourmand ne dira non.
Seul'ment je crains la concurrence
A l'ouverture du salon.

JOUFFLU.

Et des découvertes nouvelles, en v'là-t-y...

GRATIS, *lisant.*

On ne peut pas suffire aux brevets d'invention... *Fauteuils à tapeur,* autrement dits *fauteuils de Gille..* au moyen desquels on saute en l'air comme une autoclave : on est là, bien tranquillement dans son fauteuil... on fait la sieste, on s'endort. Pff! pff! pff! collé au plafond !

BASANE.

Ça vous réveille en sursaut...

JOUFFLU.

Ça doit être gênant...

GRATIS, *continuant.*

Silographines, tableaux sur toiles cirées qui valent bien ceux qu'on fait sur toiles vernies. *Bambou fébrifuge;* quand on attrape la fièvre en chemin, on avale sa canne... *Appareils contre la surdité.* On se trouve entouré dedix-huit aunes de tuyaux de cuivre très-légers, très-commodes.

JOUFFLU.

Oui, j'en ai vu un... on a l'air d'être dans un cor de chasse.

GRATIS.

Et les ventes !.. il n'en manque pas, j'espère.

BASANE, *lisant.*

« La Table des maréchaux donnée par Napoléon à la ville de » Paris, est exposée à être vendue tous les jours, hôtel Boufflers, » boulevart des Italiens. »

GRATIS.

Ne pas garder un cadeau de l'Empereur.

Air :

De l'Itali', d' la Prusse et d' l'Allemagne,
Eh quoi, l'on met à l'encan les vainqueurs !
Des douze preux de Charlemagne
Ah ! conservons les dignes successeurs,
Gardons chez nous les dignes successeurs.
Pour leur rançon cotisons-nous d'avance,
Contre un affront sachons les protéger,
Qu'il n' soit pas dit qu' des maréchaux de France
Se sont vendus à l'étranger.

(*On entend la trompette d'un omnibus.*) Adieu, j'entends un omnibus, et je vais me distribuer.

Il sort en chantant.

ENSEMBLE.

J'annonce, etc.

BASANNE *et* JOUFFLU.

L'annonce *ter.*
Admet la d'mande et la réponse.
L'annonce *ter.*
En tous pays,
Comme à Paris,
Ne se donne jamais gratis.

SCÈNE IV.

BASANE, JOUFFLU.

JOUFFLU, *au fond.*

Que de monde, que de monde devant notre porte !.. Jusqu'aux sergens de ville qui regardent nos images !

BASANE, *inquiet.*

Des sergens de ville !

JOUFFLU.

Est-ce que ça serait, par hasard, une visite domiciliaire ?..

BASANE.

Pourvu que ce ne soit pas celle du Gymnase... (*Le prenant à part.*) Dis donc Joufflu, on vient peut-être saisir un ouvrage politique... va cacher toute l'édition de la *Cuisinière bourgeoise*... va, mon garçon.

JOUFFLU.

Oui, notre maître...

BASANE.

Toute l'édition ! entends-tu ? je n'ai pas envie de passer pour un bousingot.

Joufflu va pour sortir ; on entend au dehors des cris aigus et perçans.

JOUFFLU.

Ah ! mon Dieu ! qu'est-ce qui crie comme ça ?.. on dirait de la mère Gigogne qui accouche.

BASANE.

C'est peut-être mademoiselle Angèle de la Porte St.-Martin qui s'amuse à faire l'enfant.

JOUFFLU.

Ça va faire une nouvelle pratique pour madame Lebreton...

BASANE.

Et ses ingénieux biberons. Non, non, c'est la librairie moderne qui met au monde quelques nouveaux romans.

SCENE V.

LES MÊMES, LA MÈRE GIGOGNE, *puis divers* ROMANS *et un* COLLEUR D'AFFICHES

LA MÈRE GIGOGNE, *entrant de côté.*

Elle a un écriteau devant elle sur lequel est écrit : *Librairie moderne.*

Air : *Gai, gai, marions-nous.*

Gai, gai, vite accouchons
D'un ouvrage,
A tant la page...
Gai, gai! vite accouchons
De livres mauvais ou bons!

De mes volum's superfins
Chaque jour grossit la foule ;
Bref, je suis comme la poule,
J' ponds un œuf, tous les matins...
Gai, gai, vite etc.

(*Elle pousse des cris aigus.*) Hi! hi! hi!

JOUFFLU.

Qu'est-ce qu'elle a donc à pousser comme ça des cris d'aigle?

LA MÈRE GIGOGNE.

J'édite, j'édite, j'édite... hi! hi! hi!..

Un des côtés de sa robe s'entr'ouvre : il en sort un enfant de Paris, coiffé d'un bonnet phrygien bleu ; il va donner des coups de pied dans les jambes de Joufflu.

JOUFFLU.

Veux-tu finir, méchant gamin, avec ton bonnet de police!

BASANE.

C'est *Paris révolutionnaire.*

JOUFFLU.

Il m'a fait une drôle de révolution...

LA MÈRE GIGOGNE.

Hi! hi! hi!

L'autre côté de sa robe s'entrouvre et il en sort Thadéus le ressuscité, en fantôme, avec une corde au col en forme de cravate à rosette.

BASANE.

Aimes-tu mieux *Thadéus le ressuscité?*

JOUFFLU.

Il a un faux air de l'Opéra-Comique, ce revenant-là...

LA MÈRE CIGOGNE.

Hi! hi! hi!

Sa robe s'entrouvre de chaque côté, et il en sort successivement : Lélia, costume moitié homme, moitié femme; le Brasseur roi, avec une couronne de houblon; et les sept péchés capitaux, une canne à pêche à la main.

BASANE.

Ah! monsieur ou mademoiselle Lélia... roman très-moral... « L'auteur en défendra la lecture à sa fille... »

JOUFFLU.

Et ce gros sire avec sa couronne d'houblon?

BASANE.

C'est le Roi brasseur...

JOUFFLU.

Il paraît que ce n'est pas de la petite bière...

Il montre le pêcheur.

LE PÊCHEUR.

Moi, je m'accuse d'être les sept péchés capitaux.

JOUFFLU.

Bah! bah! péchés cachés sont à moitié pardonnés...

LA MÈRE CIGOGNE, *poussant de nouveaux cris.*

J'édite, j'édite, j'édite encore... hi! hi! hi!

BASANE.

Non, non, assez, nous n'en voulons plus.

La robe s'entrouvre encore, et le Marin de la Garde en sort l'arme au bras.

JOUFFLU.

Ah! celui-là est plus gentil que les autres...

BASANE, *au marin.*

Monsieur est, sans doute, de la garde nationale?

LE MARIN, *gaîment.*

Au contraire, de la garde impériale...

BASANE.

La Garde Impériale... dans les temps ça faisait un fameux volume! c'est dommage que l'édition commence à s'épuiser...

LE MARIN.

Vous voyez devant vous un de ses derniers exemplaires...

Air de la prison d'Edimbourg.

Marin de la garde,
Voilà mon refrain :
France, Dieu te garde...
Et vogue le marin!

Dans une tempête,
Je naquis sur l'eau;

C'est une corvette
Qui fut mon berceau,
Plus tard, avec rage,
Contre les Anglais,
Leste à l'abordage,
Moi, je répétais :
Marin de la garde, etc.
Tralala, tralala.

Un jour, par la guerre
Jeté dans le nord,
Matelot sur terre,
Je disais encor ;
Bravant la misère
Et l'affreux climat :
Du pain a ma mère !
Ma vie à l'état !..
Un jour, par la guerre,
Jeté dans le nord,
Matelot sur terre,
Je disais encor :

Marin de la garde,
Voilà mon refrain :
France, Dieu te garde...
Et vogue le marin !
Tralala, tralala.

Vers la fin du deuxième couplet, un colleur est entré dans le magasin, il porte une échelle et colle partout des affiches où on lit : PAR AN 6 FR., *Journal des Connaissances utiles, rue des Moulins, N° 18.*

JOUFFLU.

Eh bien ! eh bien ! dites donc, vous, l'autre... est-ce que vous prenez le magasin pour une place publique ?..

BASANE.

Il est défendu de rien déposer contre les murs.

LE COLLEUR.

J'ai le droit d'afficher partout !

LE MARIN.

C'est le journal des connaissances inutiles.

TOUS.

A la porte.

LE COLLEUR.

Je veux coller... et je collerai !..

CHOEUR.

Air : *C'est la rage.*

Quelle colle, *bis.*
Il veut nous r'mettre à l'École,
Quelle colle, *bis.*
C'est l'journal
Du carnaval.

Pendant ce chœur on a fait descendre le colleur de son échelle; il poursuit Basane sur le dos duquel il colle une de ses affiches, il en pose une également sur le gilet de Joufflu. Tumulte général... Ils sortent tous, excepté Basane et Joufflu.

SCENE VI.

BASANE, JOUFFLU.

JOUFFLU, *se moquant de Basane.*

Ah! monsieur Basane, comme il vous a arrangé!..

BASANE, *de même.*

Et toi, donc?

JOUFFLU.

Est-ce que j'ai quelque chose?

BASANE.

Tu es abimé de connaissances utiles.

JOUFFLU.

Et vous, vous en avez plein le dos.

BASANE.

Heureusement par derrière, ça ne se voit pas...

Il tourne le dos au public. On entend en dehors les cris : *Houra! houra!*

BASANE, *effrayé.*

As-tu entendu, Joufflu?

SCÈNE VII.

LES MÊMES, ROUKOULINOFF.

ROUKOULINOFF, *entrant.*

Houra! houra! houra!

JOUFFLU, *reculant.*

Ah! mon Dieu! c'est un cosaque!

ROUKOULINOFF.

Un délicieux cosaque!.. voyez plutôt mon profil grec!.. et les anneaux de ma blonde chevelure.. Eh! bien, mon ramage est encore plus gentil que mon plumage.

Il prend du tabac dans une tabatière d'écorce de bouleau.

BASANE.

Seriez-vous par hasard, marchand de ces ignobles tabatières à un sou importées de votre pays.

ROUKOULINOFF.

Je suis artiste... chanteur italien, foi de moscovite...

JOUFFLU.

Vous?..

ROUKOULINOFF.

Roukoulinoff!.. premier sansonnet de l'Opéra buffa! et la preuve que je suis chanteur Italien, c'est que je vais vous chanter un air Russe. (*A la cantonnade.*) Par ici, par ici, mes musiciens, mes bons musiciens... (*Trois musiciens russes entrent avec des instrumens d'une longueur différente.*) Vous qui m'avez suivi... accompagnez-moi.

Air *cosaque.*

Barinia, soudarinia,
Pajalaïti, routchkou...
Barinia, soudarinia,
Pajalaïti, routchkou...
Protch, protch attaïdi
Kakoï, bis pakoïnoï,
Protch, protch attaïdi,
Kakoï, bis pakoïnoï... ih!!!

(*Parlé.*) Traduction en bon français...

Il chante.

Ma p'tite dame, ma chèr' princesse,
Donne-moi ta menotte...

(*Parlé.*) Réponse de la princesse.

Fin de l'air.

Loin! loin! va-t-en d'ici,
Tu m'embêtes, tu m'embêtes,
Loin! loin! va-t-en d'ici,
Tu m'embêtes, tu m'ennuies!.. ih!!!

Parce que, voyez-vous, protch, protch, ça veut dire : loin, loin... Je voulais d'abord me lancer dans la musique française, mais votre langue m'embarrassait, j'aurais lâché quelque liaison dangereuse, et on m'aurait dit que je faisais des cuirs de Russie.

BAZANE.

Des concerts russes... des chanteurs russes... des tabatières russes... mais c'est donc une invasion.

ROUKOULINOFF.

Nous voulons mettre Aubert et Boïeldieu à la tartare.

BAZANE.

J'aurais cru que le théâtre Italien devait avoir une troupe italienne?

ROUKOULINOFF.

Qui est-ce qui vous dit le contraire, il faut bien que nous soyons Italiens, sans ça nous n'aurions jamais eu notre privilége... Tenez, voilà comme ça s'est passé, une supposition, une fiction que vous êtes le gouvernement... vous!..

JOUFFLU.

Il est bien assez pittoresque pour ça.

ROUKOULINOFF.

J'arrive dans le cabin. du gouvernement ; moi, artiste étranger ; et je lui dis... voyon, devinez un peu ce que je lui dis...

BASANE.

Mais, vous dites... Monsieur le ministre ?

ROUKOULINOFF.

Je dis : Votre Excellence... ça ne se dit plus, mais ça se tolère. Alors le ministre me dit : pas d'Excellence, c'est mauvais Excellence, appelle moi tout bonnement monseigneur... alors, je pars de là, moi... je pars du pied gauche, et j'explique mes raisons au gouvernement sur ce pied-là... Le gouvernement me répond : Artiste étranger, quelle que soit ta patrie, quelle est ta troupe ? tous Italiens, ou pas d'argent... sur-tout pas de Français...

JOUFFLU.

C'est juste !

ROUKOULINOFF.

Voilà, gouvernement, voilà ma troupe : mademoiselle *Récitatigo*, Andalouse ; moi, *Roukoulinoff*, Tartare mant-chou ; mademoiselle *Rouladniger*, Norvégienne ; madame *Tragiquenchritz*, Bohémienne ; vous voyez bien que vous ne pouvez pas nous refuser vos petits trois cent mille francs. C'est légal, mes enfans, à vous la subvention.

JOUFFLU, *recevant les deux sous.*

Ça commence bien... mais attendez donc, il me semble que j'ai déjà vu cette tête-là quelque part.

ROUKOULINOFF.

Aux Bouffes.

JOUFFLU.

Non... chez un papetier qui vend du plâtre... dans le passage du Panorama...

ROUKOULINOFF.

Ce jeune Francé aura vu mon buste chez *Susse*, entre *madame Gibou* et *madame Pochet*.

JOUFFLU.

Oui, à côté d'un bâton de cire à cacheter...

BASANE.

Si on se permettait d. mouler mon né...

ROUKOULINOFF.

Bah !.. personne ne se fâche... tout le monde est à la queue pour devenir une caricature..., une horrible caricature...

JOUFFLU, *allant au fond et revenant.*

Monsieur Basane !.. monsieur Basane !.. voilà encore des souscripteurs !.. c'est un détachement des théâtres de Paris.

ROUKOULINOFF.

Des artistes français... je me sauve...

BASANE.

Vous avez raison, les Français n'aiment pas les Cosaques.

ROUKOULINOFF, *aux musiciens russes.*

Je m'en vas, accompagnez-moi encore... vous avez chacun une note... si vous êtes bien sages, on vous en donnera deux.

Il reprend.

Barinia, Soudarinia. etc.

Les musiciens le suivent en jouant de leurs instrumens.

SCÈNE VIII.

BASANE, JOUFFLU, L'OPÉRA-COMIQUE, *en vieux faucheur ;* Mlle SOMNILOQUE, *sous le costume de la Somnambule, un bougeoir à la main ;* LE THÉATRE NAUTIQUE, *sous la forme d'un fleuve coiffé d'une borne-fontaine ;* UNE ACROBATE, *avec les attributs du drame ;* LE PÈRE BERTRAND, *marchand de marrons ; puis* LA DANSEUSE DE VENISE.

CHŒUR.

Air : *Vaudeville de l'école de Brienne.*

Chaqu' théâtre désire
Augmenter vos lecteurs...
Vous pouvez nous inscrire
Parmi vos souscripteurs.

Basane va se placer à sa table et les divers théâtres se présentent tour-à-tour devant lui pour se faire inscrire.

BASANE. Ah ! une acrobate de chez madame Saqui.

JOUFFLU.

Sur la corde on se blase,
Ils jou'nt, changeant d' métier
Aussi bien qu'au Gymnase
Le dram' sans balancier.
Bonsoir, bell' Funambule,
(*A mademoiselle Somniloque.*)
Bonjour, Pièce en faveur.

BASANE, *la regardant.*

C'est comm' la Somnambule.

JOUFFLU.

C'est encor' du bonheur.

ENSEMBLE.

CHŒUR.

Chaqu' théâtre désire, etc.

JOUFFLU *et* BASANE.

Chaqu' théâtre désire
Augmenter nos lecteurs,
Nous allons les inscrire
Parmi nos souscripteurs.

JOUFFLU.

Tiens, v'là l' père Bertrand, le marchand d' marrons du Théâtre-Français.

BASANE.

Au lieu d' pièce une satire,
Ah! ce n'est pas assez...
Du feu, Raton ne tire
Que des marrons glacés.
(*Voyant le fleuve qui s'approche.*)
Le théâtre nautique,
Ancien théât' Feydeau;
V'là donc l'art dramatique
Qui va tomber dans l'eau.

(*Parlé*) Je vous retiens une baignoire.. et prenez garde de vous noyer.

TOUS.

Chaqu' théâtre désire, etc.

BASANE, *montrant la danseuse de Venise qui entre en dansant.*

D' la danseus' de Venise,
J'aime assez les couplets;
Mais s'il faut que je l' dise,
C'est un succès d' mollets.

JOUFFLU.

V'là l'Opéra-Comique
Qui, vu qu' ça n'est pas cher,
Apporte à notr' boutique
Sa recette d'hier...

C'est toujours deux sous de plus.

CHŒUR GÉNÉRAL.

Chaque théâtre désire
Augmenter vos/nos lecteurs!

BASANE.

Ne vous gênez pas, mademoiselle la danseuse de Venise, faites comme chez vous...dansez-nous une de vos jolies scènes.

La danseuse de Venise exécute un pas.

SCENE IX.

LES MÊMES, PERLIMPINPIN, *avec une boîte de poudre et une houppe à la main..*

PERLIMPINPIN, *entrant.*

Ah! je vous tiens, mesdames les pièces... (*secouant sa houppe.*) Houppe! houppe! houppe!

TOUS.

C'est le perruquier dramatique.

PERLIMPINPIN.

Oui, je suis Perlimpinpin... houppe!.. houppe!.. houppe!.. je ne connais que ça... J'ai le monopole des pouffes, des chignons, des catacouas et des perruques dans tous les théâtres, même à l'Odéon qui fait de l'argent depuis qu'il est fermé... houppe!.. houppe!.. houppe!..

Air *du Chanteur éternel.*

Un œil de poudre! *bis.*
A cette mode il faut bien se résoudre,
Un œil de poudre. *bis.*
Nous revenons
Aux ailes de pigeons!

Le rococo
Avec *Manon Lescaut*,
Revint à l'*Opéra*,
Qu'alors on répondra,
Soudain quel *vertigo*;
On s'en donne à gogo
Depuis *madame Angot*
Jusqu'à la *Camargo*.
J'en ai donné
Sur le né
Au pierrot
Débureau;
J'en ai mis sur le front
De *madame d'Egmont*;
J'ai poudré *Dubarry*,
Le petit *Lazary*,
Et même ce bon *monsieur Marty*!..

Un œil de poudre, etc. *bis.*

Sophie Arnould
Me doit tout;
Sans moi, pas
De *Faublas*...
Pas de *Père et Parrain*
Sans la poudre au jasmin;
Que d' succès en tous lieux
Tirés par les cheveux!
Et qui jettent de la poudre aux yeux!..
Grands et petits
Théâtres de Paris,
Ambigu, Séraphin,
Ou porte *Saint Martin*,

Sans moi, pas de recette.
Il faut choisir enfin
La poudre d'Escampette,
Ou de Perlimpinpin!..

Un œil de poudre! *bis.*
A cette mode il faut bien se résoudre,
Un œil de poudre; *bis.*
Nous revenons
Aux ailes de pigeons!

Houppe!.. houppe! je ne connais que ça!.. (*Allant vers l'Opéra-Comique.*) Ah! ce pauvre Opéra-Comique, comme il est défrisé... un œil de poudre...

On entend plusieurs coups de canon.

BASANE.

Une salve d'artillerie!..

Un chapeau à trois cornes suspendu à un fil, descend des frises. Il est surmonté d'un aigle qui tient dans son bec une branche de laurier.

TOUS.

Qu'est-ce que c'est que ça?

PERLIMPINPIN.

C'est le théâtre du Cirque-Olympique sous la forme du chapeau de l'*Homme du Siècle...* (*Tout le monde se découvre.*) Houppe! houppe! un œil de poudre...

Il va pour le poudrer.

JOUFFLU, *l'arrêtant.*

Minute!.. celui-là ne se sert que de poudre à canon..!

BASANE.

Ah! ça, dites donc, ce chapeau là... il me semble que tous les ans on nous le retappe à neuf, chez Franconi.

PERLIMPINPIN.

Air : *Amis, voici la riante semaine.*

Panorama de gloire et de vaillance,
L' Cirque-Olympique est fait, nous le savons,
Pour nous montrer les grands homm's que la France
A vu surgir au siècle où nous vivons...

BASANE.

En fait d' grands homm's la recette se fonde
Sur celui-là... toujours sur celui-là...

PERLIMPINPIN.

(*Parlé.*) Dam! que voulez-vous?..

Fin de l'air.

La France est comm' la plus bell' fill' du monde,
Elle ne peut donner que ce qu'elle a.

Nouveaux coups de canon : le chapeau remonte et disparait dans les frises.

C'est égal... il me faut des pratiques... à vous, mesdames... demandez, commandez... voulez-vous être accommodées...

Il veut poudrer les différentes pièces de théâtres.

Mlle SOMNILOQUE, *se révoltant.*

On veut nous réduire en poudre.

TOUS, *de même.*

A bas la poudre!

PERLIMPINPIN.

Eh! malheureux, que deviendrez-vous sans ça... toi, théâtre nautique, théâtre vague... qui n'as en perspective que des pièces à la rame et des naufrages sur l'eau filtrée!.. et toi, vieux faucheur, tu as tant fauché et refauché ton *Pré aux Clercs*, que tu n'as plus de foin dans tes bottes.. .et toi surtout, ingrat Vaudeville qui n'as pas inventé la poudre; mais qui as usé au moins trois cents sacs d'amidon?.. vous ne voulez pas de la houppe!.. mauvaises têtes!.. je plains votre aveuglement et je jette des flots de poussière sur mes obscurs blasphémateurs.

Il leur lance de la poudre.

TOUS, *se sauvant.*

Au secours! au secours!

BASANE.

On ne s'y voit plus dans mon magasin...

PERLIMPINPIN.

Elles se sauvent! houppe! houppe! houppe! je ne connais que ça...

Il poudre Basane et Joufflu et s'esquive après les théâtres en répétant :

Un œil de poudre, etc.

SCENE X.

BASANE, JOUFFLU, *puis* PICPUS.

JOUFFLU, *les yeux fermés.*

Regardez-moi donc, not' maître...

BASANE, *de même.*

Comment veux-tu que je regarde?.. je n'y vois plus.

Ils font quelques pas et s'entrechoquent.

JOUFFLU.

Ah! voilà que j'y vois d'un œil... j'aperçois un individu en habit puce.

PICPUS.

Sans être trop curieux, où prenez-vous le Magasin barbaresque?

BASANE, *se frottant les yeux.*

Pittoresque, si ça vous est égal.

PICPUS.

Comme vous voudrez... romanesque, arabesque, gigantesque, pédantesque, burlesque ou grotesque... j'y suis presque...

BASANE.

C'est moi.

PICPUS.

Citoyen Magasin... imaginez-vous que j'ai imaginé de donner de l'éducation à des petits animaux malfaisans... de très-jolis petits animaux malfaisans!..

JOUFFLU.

C'est peut-être des ours.

BASANE.

Ou des boas constrictor!

PICPUS

Des petits êtres moins féroces et plus délicats... tel que vous me voyez, je suis directeur de spectacle... je me nomme Picpus, naturaliste étranger, exhibiteur extraordinaire des... (*Il lui parle bas à l'oreille. Haut.*) travailleuses... patronisées par la famille royale d'Angleterre, (*ils ôtent tous trois leurs chapeaux*) et honorées de la confiance de tous les souverains de l'Europe. (*Même jeu.*)

Il se gratte.

BASANE.

Comment les souverains?

PICPUS.

Les souverains les plus absolus. (*Même jeu.*)

Air : *Le luth galant.*

De ces insectes incommodes par fois
Petits et grands nous subissons les lois.
Là, de l'égalité la preuve se découvre; (ouvre
Chez le riche et le pauvre il faut bien qu'on leur
Et la garde qui veille aux barrières du Louvre
N'en défend pas les rois.

(*Se grattant.*) Restons un peu tranquille.

BASANE.

Il a été fait mention de vos jeunes élèves dans un article raisonné du *Journal des Debats*... et j'ai vraiment une démangeaison...

Il se gratte.

JOUFFLU.

Moi aussi...

Il s'éloigne de Picpus.

PICPUS.

Voilà ma petite affiche!.. ma pauvre petite affiche...

Il déroule une énorme pancarte.

JOUFFLU.

Ah! banquiste que vous êtes...

PICPUS.

Moi, banquiste? vous faites tort à vos connaissancces... apprenti pittoresque...

Air de Turenne.

Sur leur affich' promettre des miracles,
Des directeurs maint'nant c'est le trafic...
Et c'est ainsi que dans les autr's spectacles
On ne craint pas d'attrapper le public...
Mais nous n'avons point d'artifices...
Chez nous ce n'est pas comme ailleurs...
Et là ce sont les spectateurs
Qui vienn'nt attraper les actrices...

JOUFFLU, *se grattant.*

Je crains bien d'avoir fait la conquête d'une de ces demoiselles...

PICPUS, *comme faisant une annonce.*

« Messieurs, Mesdames, vous êtes avertis de ne pas confon-
» dre mon établissement avec celui d'un individu totalement
» étranger à l'histoire naturelle de monsieur de Buffon, qui
» n'est qu'une mauvaise et plate copie de mes sauteuses... de
» mes piquantes bayadères!.. »

SCENE XI.

LES MÊMES, BARAGOUINO.

BARAGOUINO.

« Messiou, Mesdames, lé poublic il est averti dou nou pas
» confondre mon expositione avec celle d'oun individu nom-
» mé Picpous, qui n'est qu'oune mauvaise et plate couple de
» la mienne et tout-à-fait indigne de la boune compagnie. »

Il se gratte.

JOUFFLU.

Encore de la concurrence.

BASANE.

Ah! ça, mon magasin va devenir un grenier à...

BARAGOUINO, *à Picpus.*

Te voilà, sarlatane!..

PICPUS.

Te voilà, vil saltimbanque!..

BARAGOUINO.

Contrefactour.

PICPUS.

Plagiaire.

BARAGOUINO.

Classique.

PICPUS.

Romantique.

BARAGOUINO, *déroulant sa pancarte.*

Vi voyez deux industrieuses qui sé battent en douel au bois de Boulogne. Les flurets ils sont boutonnés, et les témoins ils déclarent qué l'honnour il est satisfait.

PICPUS, *montrant aussi son affiche.*

Vous voyez là lord Wellington, un Anglais très-connu, et pas mal mis en habit rouge, monté sur son cheval de bataille...

BARAGOUINO.

Oune sallé de bal dans laquelle *doux* de ces demoiselles habillées en dames, et *doux* autres en messieurs dansent la galoppe. La mousique est de Roussini.

PICPUS.

Un éléphant, armé en guerre, trainé par une seule jeune première... Je compte en dresser une à trainer le budjet...

BARAGOUINO.

Vi remarquerez qué les travailleuses de Moussu... sónt d'origine canine...

PICPUS.

Il est vrai que les caniches sont mes correspondants dramatiques, chargés de faire les engagemens dans ma troupe, mais je civilise mes artistes, et elles s'attàchent à moi.

BARAGOUINO.

Jé me pique d'être lé créatour du zenre.

PICPUS.

Je n'aurais qu'à relever ma manche pour prouver que je suis un disciple d'*Épicure*... au surplus, tout ça c'est des petits cabotinages... Je vas vous expliquer... vous voulez empêcher de sauter le petit animal malfaisant... pas vrai... vous lui passez tout bonnement au cou un poids de cinq cents livres... il ne saute plus... à preuve : une personne de la société aurait-elle par hasard u...ne... chose à me prêter... (*Montrant la boîte du souffleur.*) Je vais la faire travailler sur cette boîte, comme une grande personne.

BARAGOUINO.

Tou es un gâte-métier... nous nous battrons.

PICPUS.

Ça va... c'est-à-dire nos actrices se battront à outrance.

BARAGOUINO.

En attendant souis-moi à la poulice correctionnelle.

PICPUS.

Ça va... allons trouver les magistrats irréprochables. (*A part.*) Fameux, fameux, Baragouino... notre procès fera du scandale et nous gagnerons tous les deux des bonnes petites pièces cent sous.

BARAGOUINO, *bas à Picpus.*

Entendu, compère. (*Haut.*) Viens paradiste, marsand d'ourviétan...

PICPUS *bas à Baragouino.*

Bon... bon!.. traite-moi de voleur!.. dis-moi les horreurs de la vie, ça augmentera la recette.

BARAGOUINO.

A l'audience!.. et emportons notre dossier sur le dos.

Ils se mettent au cou les deux affiches.

PICPUS.

Viens, brigand... viens chez Thémis!

BARAGOUINO.

Il faut sauter le pas.

PICPUS.

Finis coronat opus!..

Ils sortent tous les deux en sautant comme des puces.

SCENE XII.

BASANE, JOUFFLU.

BASANE.

Sais-tu, Joufflu que ça devient piquant.

Bruit confus de voix au dehors.

JOUFFLU.

Qu'est-ce qui crie donc comme ça?

BASANE, *allant voir.*

Un rassemblement d'ouvriers... ah! mon Dieu! les voilà qui s'avancent... on dirait qu'ils sont en jupon.

JOUFFLU.

C'est peut-être des garçons boulangers...

BASANE.

Eh! non... ce n'est pas des ouvriers... c'est des ouvrières.

SCENE XIII.

LES MÊMES, *puis* CLÉOPATRE, PHRASIE, PAMÉLA, *et plusieurs* OUVRIÈRES.

Cléopâtre entre suivie de plusieurs pelotons d'ouvrières; elles sont toutes coiffées d'un chapeau d'homme et portent des lances sur les flammes desquelles est écrit : *Frangères, Fleuristes, Modistes, Lingères, Brodeuses, Bordeuses, Cha nar reuses, Brunisseuses*, etc. Cléopâtre porte des épaulettes et tient une épée. Deux chefs de peloton portent chacune une bannière; sur l'une on lit: *Révolte des femmes;* sur l'autre: *Coalition d'ouvrières.*

CHŒUR.

Air *des Fileuses.*

Allons, braves ouvrières,
Tout's au pas
Ne reculons pas!
Allons, plantons nos bannières...
Liberté
Pour la beauté.

CLÉOPATRE.

Jurons de briser, Mesdames,
Le joug qui nous humiliait!
Il est bien temps que les femmes
Fassent leur vingt-neuf juillet.

CHŒUR.

Allons braves ouvrières, etc., etc.

JOUFFLU.

Quelle jolie armée d' voltigeuses!

BASANE, *montrant Cléopâtre.*

Surtout la générale en chef.

CLÉOPATRE.

Vous voyez devant vous une députation des ouvrières de Paris; moi, Cléopâtre, je suis couturière...

PAMÉLA.

Moi, je suis fleuriste!..

UNE OUVRIÈRE.

Moi, lingère!..

UNE AUTRE.

Moi, frangère!..

UNE AUTRE.

Moi, bordeuse!..

UNE AUTRE.

Moi, brodeuse!..

UNE AUTRE.

Moi, brunisseuse!..

UNE AUTRE.

Moi, chamarreuse!..

PHRASIE.

Et moi, modeuse!..

CLÉOPATRE.

Nous avons formé une coalition dont j'ai été nommée présidente à la volobilité des voix, et nous venons faire insérer dans le *Magasin pittoresque* la déclaration des droits de la femme.

BASANÉ.

Encore une coalition. Voyons, Mesdemoiselles, qu'est-ce que vous voulez... voyons, belle Cléopâtre?

CLÉOPATRE.

Nous voulons travailler très-peu et gagner beaucoup... nous voulons que les maîtresses entrent dans les ateliers en nous fesant trois révérences... au lieu de six jours de travail, nous voulons six dimanches par semaine, sans compter les lundis... voilà...

TOUTES.

Voilà!..

CLÉOPATRE.

Sans ça, nous restons les bras croisés; quant à moi, je déclare qu'on ne doit plus compter sur l'aiguille de Cléopâtre.

JOUFFLU.

Eh! bien, on s' passera de vous... on fera comme pour les boulangers, on ira chercher la main-d'œuvre dans les régimens.

CLÉOPATRE, *riant.*

C'est ça... les hussards seront couturières, les grenadiers fleuristes, les cuirassiers feront des corsets, les carabiniers se mettront marchandes de modes et les tambours-majors plumassières...

BASANÉ.

D'ailleurs, si on manque d'ouvrières françaises, l'étranger nous en fournira; on fera venir des Espagnoles, des Italiennes, des Allemandes, on prendra des Bavaroises...

CLÉOPATRE.

Grand bien vous fasse... au surplus, ce n'est rien que ça, et nous avons bien d'autres prétentions, ma foi.

BASANÉ.

Est-ce que vous voulez être ministres, par hasard?..

PAMÉLA.

Pourquoi pas, au moins on lirait dans le journal : Le Roi a reçu en audience particulière, mesdemoiselles Phrasie et Paméla, et a travaillé ensuite avec mademoiselle Cléopâtre...

JOUFFLU.

Mais c'est le monde renversé...

CLÉOPATRE.

Nous avons été hier à l'Opéra voir *la Révolte au Serrail*, et ça nous a donné de fameuses idées.

BASANÉ.

Vous avez trouvé des idées là-dedans?.. vous êtes bien heureuses.

PAMÉLA.

C'est une belle pantomine.

CLÉOPATRE.

Un joli poëme.

JOUFFLU.

C'est vrai, j'ai lu dans *l'Entr'acte* qu'on y voit quatre-vingt-dix-neuf femmes sous le costume de la Vérité, sortant d'un puits artésien.

BAZANE.

Fi, l'horreur!.. (*A part.*) J'irai voir ça et j'emporterai mes lunettes vertes.

CLÉOPATRE.

Maintenant ce sont les femmes qui en remontreront aux hommes... D'abord, nous sommes lasses d'être victimes, nous allons victimer à notre tour!

TOUTES.

Oui, oui!

CLÉOPATRE.

La grisette s'émancipe.

TOUTES.

Nous nous émancipons.

PHRASIE.

Nous voulons toutes devenir des grandes dames...

BASANE.

Comment, cette petite là aussi!

CLÉOPATRE.

Toutes les Françaises sont égales devant la loi... plus de petites chambres au cinquième... plus de petits bonnets de bourre de soie; plus d'étudians en droit, de clercs de notaire... nous voulons des beaux appartemens, des voitures, des diamans, des ambassadeurs, des diplomates qui aient le droit de passer des cachemires en contrebande, pour nous en donner davantage... et voilà!

TOUTES.

Et voilà.

BASANE.

Vous êtes folles.

CLÉOPATRE.

C'est à prendre ou à laisser : vous avez fait la loi, messieurs les hommes... la loi du plus fort; mais il faut qu'on change le code pour nos étrennes, et qu'on dise en 1834 : « Le » mari doit obéissance à sa femme; la femme est le chef de la » communauté. »

TOUTES.

Oui, oui!

BASANE.

Je vous dénoncerai au procureur du roi.

CLÉOPATRE.

Eh bien ! portez-lui en même temps notre acte de coalition ; en voici les clauses avec les signaturetoutes s de celles qui savent écrire.

JOUFFLU, *regardant.*

Ah ! que de croix !

CLÉOPATRE.

Air *nouveau de Tolbecque.*

On ne recevra plus de lettres,
On n' caus'ra plus sur l'escalier ;
On n' regard'ra plus par la f'nêtre,
Et l'on n' pourra plus se permettre
D'aller avec un cavalier
En cabinet particulier.
Voilà,
Oui, voilà.
Pendant ce temp-là
L'amour dormira,
L'amant gémira ;
Après ça
On verra
Qui cédera !

CHOEUR.

Voilà,
Oui, voilà, etc.

CLÉOPATRE.

Même air.

Sur les ân's plus d'prom'nade équestre,
Sur les princip's soyons à ch'val...
Mettons l' sentiment en séquestre,
Refusons les billets d'orchestre,
Et cette année en carnaval,
Fesons relâch' même au Wauxhal.
Voilà !
Oui, voilà ! etc.

CHOEUR.

Voilà !
Oui, voilà ! etc.

BASANE.

Vous êtes des anarchistes... des Robespierristes !..

CLÉOPATRE.

Et vous, un vieux rococo. Allons, mesdemoiselles, le jour de gloireest arrivé ; triomphons par la douceur, et allons arracher les yeux à toutes celles qui ne seraient pas pour notre désordre de choses !..

TOUTES.

Aux ateliers ! aux ateliers !

Elles exécutent des manœuvres au commandement de Cléopâtre; on entend au dehors le bruit d'une trompette; puis divers cris : *V'là le Pilori, le Journal du Pilori. Glaces à deux sous. Cognac, Cognac, Cognac, Cognac.*

JOUFFLU.

Ah! venez donc voir, venez donc voir! sont-ils cocasses... C'est encore des matériaux qui nous arrivent.

BASANE.

J'en suis bien fâché, mais je n'ai plus de place pour eux, mon premier volume est complet, et je vais mettre sous presse. Mamselle la générale, prêtez-moi main-forte pour les empêcher d'envahir mon magasin.

CLÉOPATRE, *commandant.*

Voltigeuses, croisez baïonnettes!..

Elles vont toutes au fond en croisant leurs lances. Musique.--En ce moment le théâtre change et offre l'aspect d'une apothéose pittoresque.

SCENE XIV.

Les Mêmes, PICPUS, PERLIMPINPIN, BARAGOUINO.

Bis en chœur.

CHŒUR GÉNÉRAL.

Air : *Ah! que le nouvel an achève.*

C'est le règne du pittoresque,
On en met dans tout
Et partout!
Oui, notre siècle un peu burlesque
En a fait l'oracle du goût!

BARAGOUINO.

Par livraisons tout se présente,
Et des livres passant aux moëllons,
V'là qu'à *Maisons* l'on met en vente,
Des p'tit's maisons
Par livraisons.

CHŒUR.

C'est le règne du pittoresque, etc.

JOUFFLU.

Joignant l'agréable à l'utile,
Nous avons des pâtés d' bon thon,
Des restaurans à domicile,
Et des gigots en édredon.

CHŒUR.

C'est le règne du pittoresque, etc.

BASANE.

Nous aurons, dit une revue,
Des trottoirs en fer, quel bonheur,
On f'ra des courses dans la rue,
Avec des bottes à vapeur.

CHŒUR.

C'est le règne du pittoresque, etc.

PERLIMPINPIN.

Des professeurs de logogriphes
Ont, sur l'aiguille de Luxor,
Trouvé dans les hiérogliphes
Des passag's de Mari' Tudor...

CHŒUR.

C'est le règne du pittoresque, etc.

PICPUS.

Sur l'boul'vard on traîne à bras d'homme,
Pour l'agrément du Parisien,
Des petits omnibus qu'à Rome
Inventa l'emp'reur Vespasien.

CHŒUR.

C'est le règne du pittoresque, etc.

CLÉOPATRE, *au public.*

Si le magasin qu'on vous donne !..
Vous offre quelques nouveautés,
N'oubliez pas que l'on s'abonne
Au théâtre des Variétés !..
Notre magasin pittoresque,
S'il n'est pas l'oracle du goût,
Dans son langage un peu burlesque,
Bien ou mal vous parle de tout.

CHŒUR GÉNÉRAL.

Notre magasin pittoresque, etc.

FIN.

www.ingramcontent.com/pod-product-compliance
Ingram Content Group UK Ltd.
Pitfield, Milton Keynes, MK11 3LW, UK
UKHW021027200726
13857UKWH00004B/1636

9 782012 894518